ほねほねくんとなぞの手《て》紙《がみ》

すえよしあきこ・作
おかもとさつこ・絵

きょうりゅうほねほねくんシリーズ・5

日《にち》ようび。
だっくんと、お兄《にい》ちゃんのとむくんは、
コマ川《がわ》のかわらに、あそびにいきました。
広《ひろ》いかわらのむこうのほうでは、
ユニフォームをきた大《おお》きいお兄《にい》さんたちが、
サッカーのれんしゅうをしています。

お兄《にい》さんたちは、頭《あたま》や足《あし》でボールを
ビュン、ビューン！
ボールはどこでも、思《おも》いのままにとんでいきます。
「うまいなあ。」
「さすが、サッカーのせんしゅだね。」
だっくんも、とむくんも、あそぶのも
わすれて、見《み》とれていました。

とつぜん、「オオーッ！」という
かんせいが、あがりました。
だれかがけったサッカーのボールが、
ビューンととんでいって、
川《かわ》ぎしにとめてあったクレーンの
てっぺんにあたったのです。
ボールは大《おお》きくはねかえって、
けった人《ひと》のほうにもどってきました。

わぁっ！
ウォオオォ～…

きゃあ
ああ…
うぉ～
きゃあ

かんせいは、すぐにひめいにかわりました。なんと、クレーンだとばかり思《おも》っていたのは、大《おお》きなきょうりゅうのほねだったからです。

「わあ、なんだ。ありゃ！」

「かいぶつだ！」

「こっち、くるぞ。にげろ！」

かわらにいた人《ひと》たちは、われさきに、にげだしました。

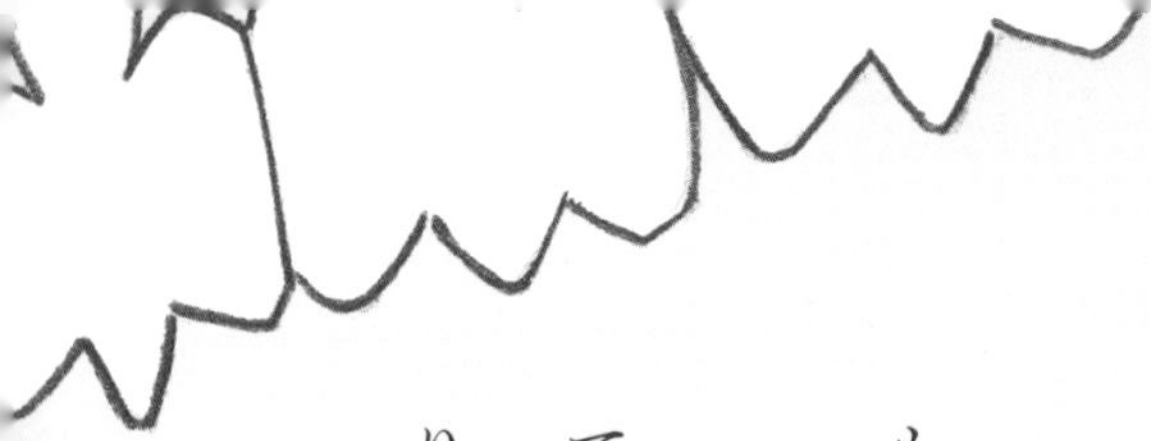

「ああっ！　あれは、きょうりゅうほねほねくんだ！」

だっくんと、とむくんだけは、大《おお》よろこび。

「こんなところにいたんだね。」

ふたりは、ほねほねくんにむかって、かけだしました。

そう、だっくんは、いつか、工事《こうじ》げんばで出会《であ》ってからというもの、きょうりゅうほねほねくんとは、友《とも》だちなのです。

ほねほねくんは、それからも、どこからか、とつぜんあらわれては、いっしょにあそんだり、あぶないところをたすけてくれたりしました。

「ほねほねくん、ひさしぶりだね。」

「このごろ、ちっともあらわれないから、どうしているのかと思《おも》ったよ。」

するとと、ほねほねくんは、
大《おお》きなからだをまるめるよう
にして、いいました。
「ぼく、でっかいし、からだ、
ほねばっかりだから、
どこへいっても、みんな、
びっくりして、にげる。
だから、ほかのものに、
ばけて、かくれてるの。」

「そうだったのか。
それで、クレーンに
ばけてたんだね。」
「でも、ボールが
とんできたんで、
つい、はねとばした……。」
「すごかったよ。
さっきのシュートは。」
「じゃあ、今《いま》のうちに、
ぼくたち、あそぼうよ。」

だっくんたちは、せんしゅたちが
おきわすれていったボールで、
サッカーごっこ。
ほねほねくんは、しっぽで、
ビュイーン！
頭《あたま》で、ボーン！
どんなボールも、ねらいどおり。

ふいに、ピーポ、ピーポ、ピーポ！

パトカーのサイレンの音《おと》がきこえてきました。

「あ、パトカーがくる！」

「こっちへくるよ。」

「ぼくを、つかまえにきたんだ。」

パッパラ、パラパラパー！
はんたいのほうからは、はでなクラクションの音《おと》がきこえてきました。
ほねほねくんは、頭《あたま》を高《たか》くあげて、とおくを見《み》ました。
「あれ、サーカスだんの車《くるま》。」

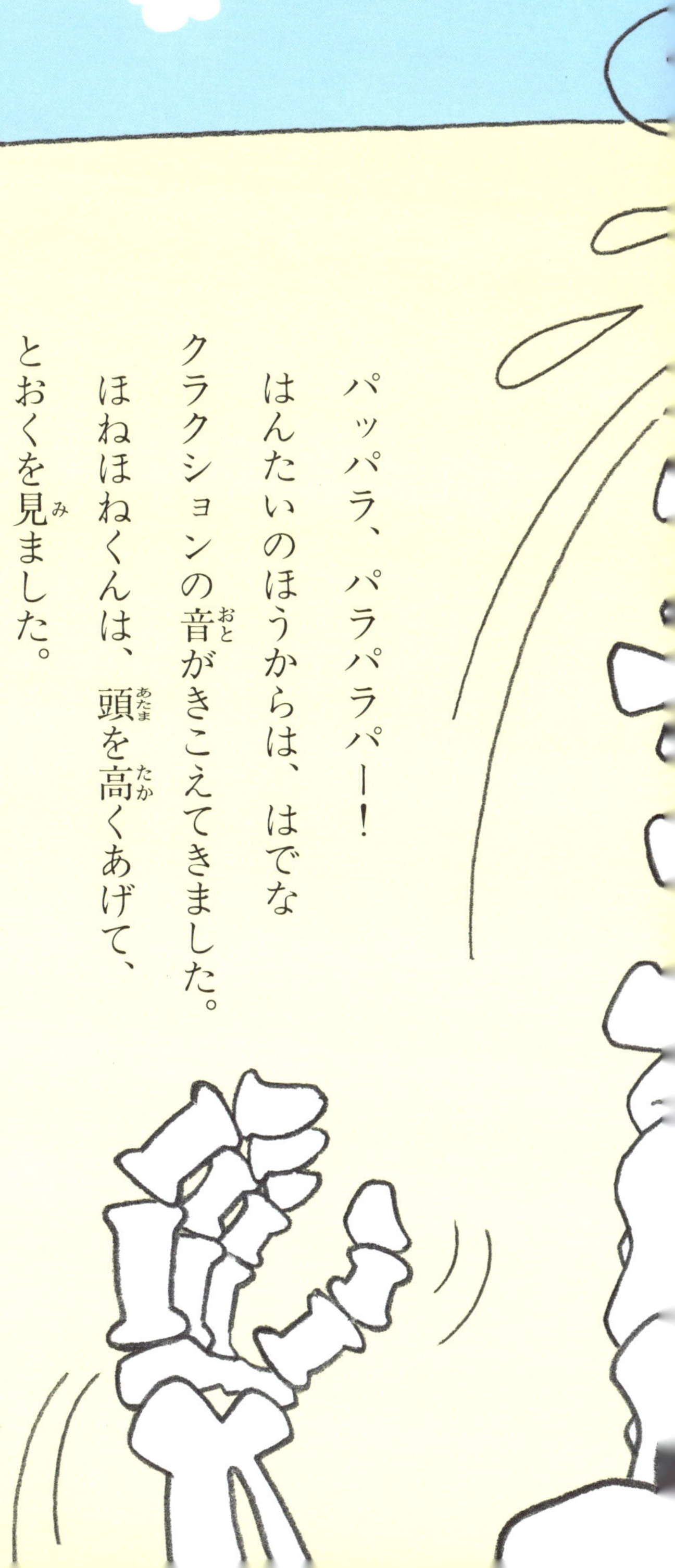

サーカスだんの人《ひと》たちは、まえから、ほねほねくんをつかまえて、サーカスの見《み》せものにしようと、つけねらっているのです。うわさをきいて、さっそく、つかまえにきたのでしょう。

「たいへんだ。にげなきゃ！」

いうなり、ほねほねくんは、ガシャリン、ゴショリンと歩《ある》きだし、いきなり、コマ川《がわ》に、ザンブリ。

だっくんたちの目《め》のまえで、ズブズブ、ズブとしずんでいって、見《み》えなくなりました。

「ああっ、ほねほねくんがしずんじゃった。」

「だいじょうぶ？　ほねほねくん。」

どての上《うえ》の道《みち》に、パトカーと、サーカスだんの
車《くるま》が、とうちゃくしました。
「きょうりゅうのほねが、あばれだした
という、つうほうがあったが……。」
と、おまわりさん。
「それは、うちのサーカスだんでスカウトした、
きょうりゅうほねほねくんに、ちがいない。」
と、サーカスだんの
だん長《ちょう》さん。

けれども、いくらあたりをさがしても、
おまわりさんも、サーカスだんの人《ひと》たちも、
ほねほねくんを見《み》つけることはできません。
「よかった！　きっと、ほねほねくん、
川《かわ》の中《なか》を、ずっとおくへにげてったんだ。」
だっくんが、ほっとしたときです。
「あれ？」
とむくんが、首《くび》をかしげました。
「あんなところに、橋《はし》があったっけ。」

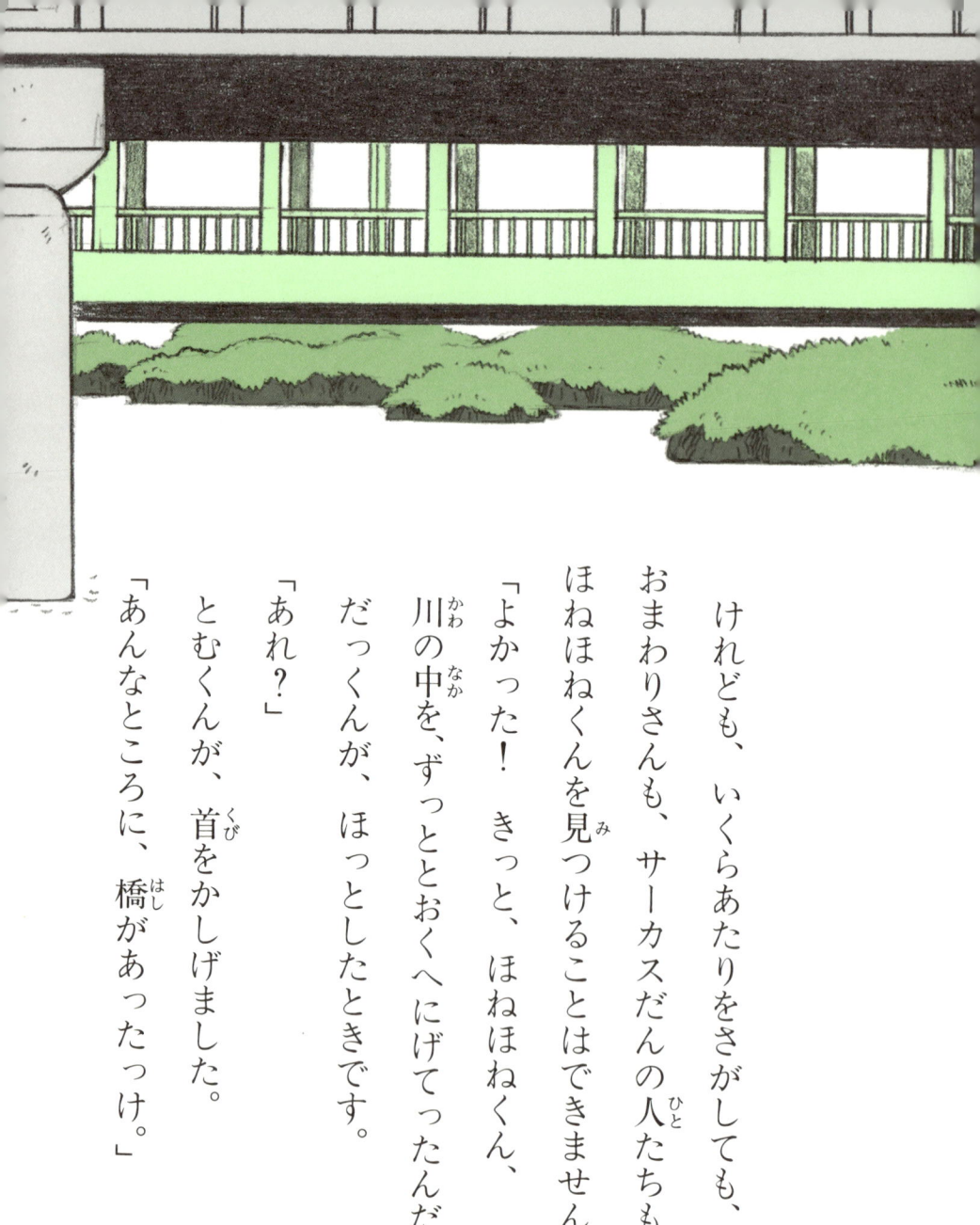

見《み》ると、電車《でんしゃ》のとおる橋《はし》と、人《ひと》がとおる橋《はし》のむこうがわに、もうひとつ、見《み》たことのない、アーチがたの橋《はし》がかかっていました。

「あんな橋《はし》、なかったよ。」

そのとき、とつぜん、橋《はし》が手《て》をふりました。

橋《はし》げたをひょいともちあげて、ひらひらと、二《に》、三回《さんかい》ふったかと思《おも》うと、また、もとの橋《はし》にもどったのでした。

だっくんととむくんは、顔《かお》を見《み》あわせました。

「ほねほねくんだ……。」

「シーッ。」

とうとう、パトカーも、サーカスだんの車《くるま》も、ほねほねくんをさがすのをあきらめて、帰《かえ》っていきました。

だっくんととむくんが、もういちど、橋《はし》のほうを見《み》たときには、もうどこにも、ほねほねくんのすがたは、ありませんでした。

つぎの日《ひ》の朝《あさ》。

新聞《しんぶん》をとってきたママが、

「あら！　これ、なにかしら。」

と、いいました。

新聞広告《しんぶんこうこく》のうらに、子《こ》どものらくがき
みたいなものが書《か》いてあります。

「へたくそな字《じ》が書《か》いてあるよ。」

「なんて、書《か》いてあるんだろう。」

だっくんと、とむくんが、ひろいよみ
してみると……、

かがうね
よねなほ
るてかね
ふきとほ
しらごに
ほわいよ

「なんだ、こりゃ。さっぱりわかんないや。」

「だれかのいたずらだろう。」

と、パパ。

「ううん。ぜったい、これ、だれかが
おくってきた、ひみつのあんごうだよ。

ほねほねくんじゃないのかなあ。」

だっくんは、その広告《こうこく》を、だいじにたたんで、
ポケットにいれておきました。

そのまま、学校《がっこう》にいったのですが、どうもきになります。

授業《じゅぎょう》のあいだも、広告《こうこく》をとりだしては、ながめていました。

先生《せんせい》のはなしもそっちのけで、だっくんは、なんどもなんども、文章《ぶんしょう》をよみなおしたのですが、やっぱり、なにがなんだかわかりません。

とつぜん、だれかの手《て》が、その広告《こうこく》をひったくりました。

「こら！ なに見《み》てるんだ。授業中《じゅぎょうちゅう》だぞ。」

先生《せんせい》でした。

「なになに？『よにほねほね』？ いったいなんだ、こりゃ？」

先生《せんせい》は、広告《こうこく》を見《み》ていいました。

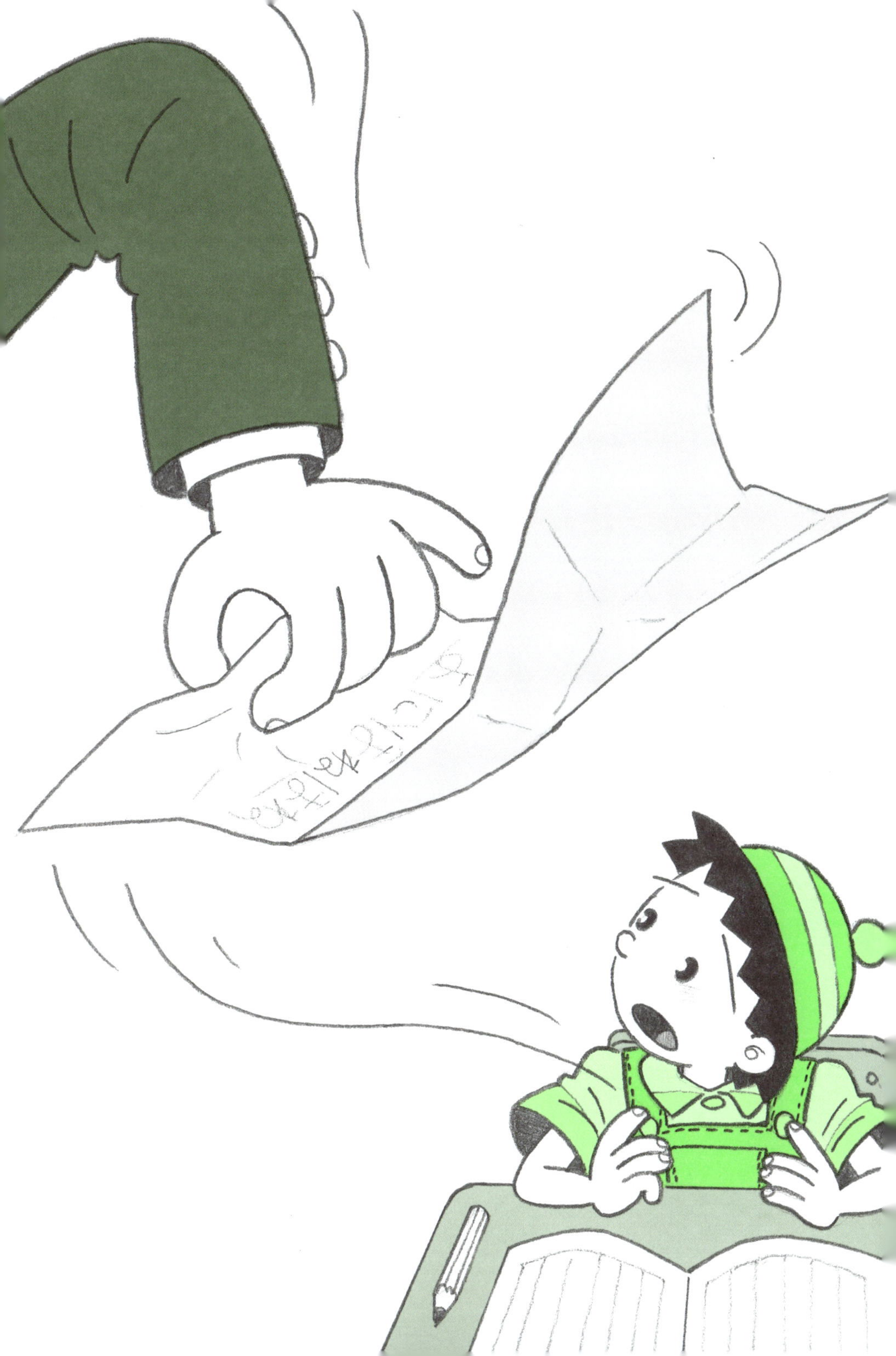

「えーっ？『よにほねほね』？
どこにそんなこと、書《か》いてあるの？」
だっくんは、先生《せんせい》の手《て》から、広告《こうこく》を
ひったくりかえしました。
すると、どうでしょう。
いちばん下《した》の列《れつ》の文字《もじ》が、左《ひだり》から右《みぎ》に
とびこんできました。
「ああっ！　ほんとだ！」

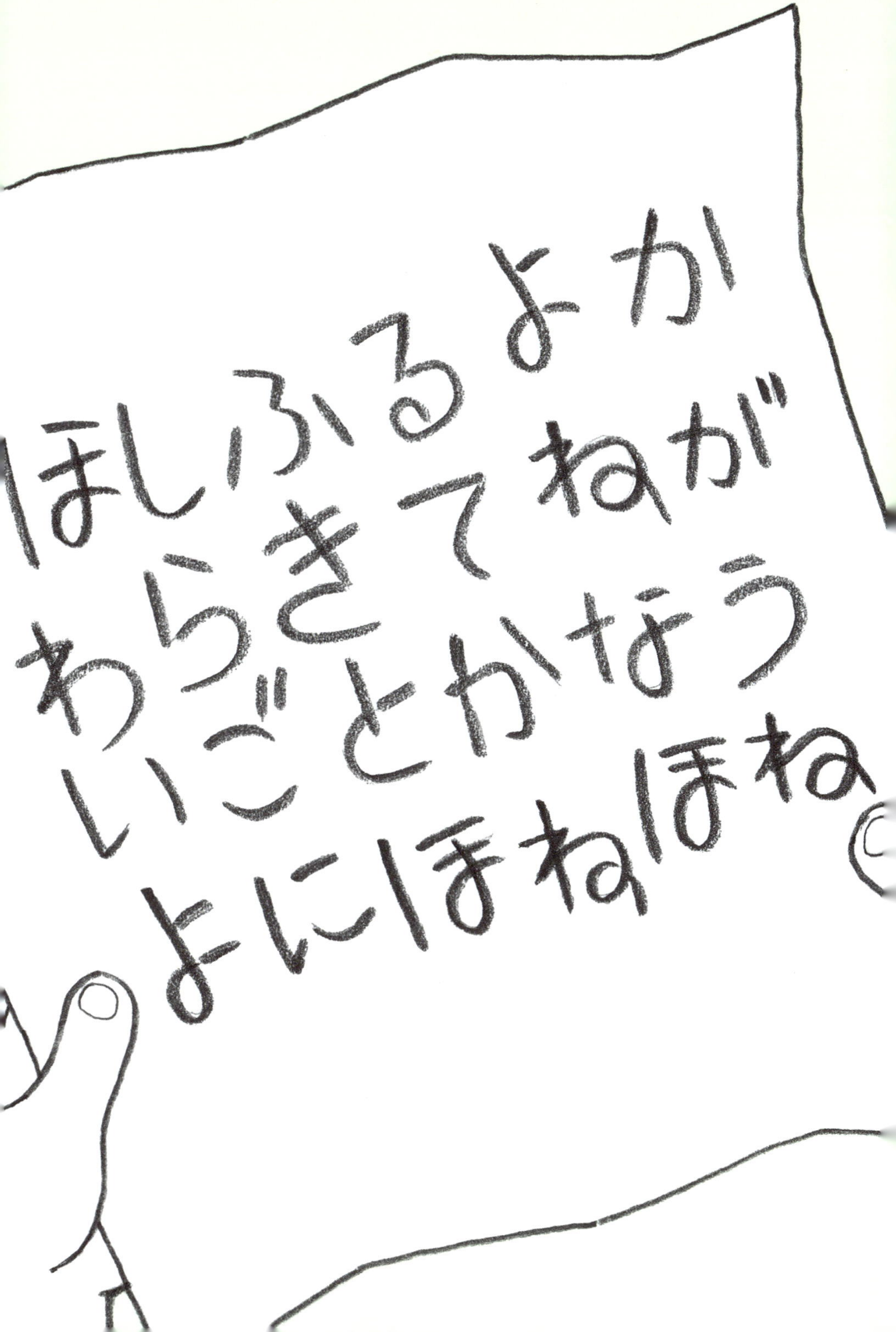
ほしふるよか
わらきてねが
いごとかなう
よにほねほね。

『ほしふるよかわらにきてねがいごとかなうよにほねほね』

こんなふうに、よめたではありませんか。

「そうか！　やっぱり、これは、ほねほねくんが書《か》いた手紙《てがみ》だったんだ。先生《せんせい》、ありがと！」

「今《いま》は、授業中《じゅぎょうちゅう》だぞ。手紙《てがみ》よむのは、あとだ。」

「はい！」

だっくんは、いいへんじ。

休《やす》み時間《じかん》に、もういちど広《ひろ》げてみました。

「でも……なんのこと、いってるんだか、よくわかーんない……。」

家《いえ》に帰《かえ》っただっくんは、もちろん、
とむくんにも、その手紙《てがみ》を見《み》せました。
「お兄《にい》ちゃん。やっぱり、これ、
ほねほねくんからの手紙《てがみ》だったよ。」
「え？　ほんとかよ。なんで、わかったの？」
「それ、上《うえ》から下《した》へよむんじゃなくて、
横《よこ》によむんだよ。」
とむくんは、手紙《てがみ》をひったくりました。
「へーえ！　ほんとだ。ほねほねくんの
手紙《てがみ》だよ、これ。」

「でしょ？　で、どういうこと？」

「わかんない。」

「ズルッ！」

ところが、その日《ひ》の夕方《ゆうがた》。

新聞《しんぶん》をよんでいたパパが、いいました。

「ほう！　今日《きょう》の夜中《よなか》、流星群《りゅうせいぐん》が見《み》られるんだって。」

「流星群《りゅうせいぐん》って、なあに？」

だっくんが、はじめてきくことばです。

「流《なが》れ星《ぼし》だよ。たくさんの流《なが》れ星《ぼし》が、いっぺんにふってくるんだよ。めったに見《み》られないめずらしいげんしょうだぞ。」

それをきいて、だっくんとトムくんは、ほとんどいっしょにさけびました。

星《ほし》ふる夜《よ》だ！
かわらだよ！

「そうだな。コマ川《がわ》のかわらだったら、
よく見《み》えるかもしれないな。
よし、いってみるか。」
「やった！」
「やった！」
だっくんととむくんは、ぴょんぴょん、
とびはねました。
「ほねほねくんに会《あ》えるかもしれない。」
流星群《りゅうせいぐん》よりもなによりも、だっくんは、
それがたのしみでした。

夜中《よなか》。

パパのうんてんする車《くるま》にのって、しゅっぱつ！

コマ川《がわ》のかわらはくらいので、星《ほし》を見《み》るのにはさいこうでした。

流星群《りゅうせいぐん》がやってくるというニュースをきいて、かわらには、もう、なん人《にん》かの人《ひと》がやってきていました。

車《くるま》にのったまま、まっている人《ひと》。

かわらにねっころがって、まっている人《ひと》。

だれもかれも、夜空《よぞら》を見《み》あげていました。

だっくんたちは、車《くるま》をおりて、
かわらにくだる道《みち》を歩《ある》いていきました。
そのとちゅうも、だっくんは、
きょろきょろしながら、クレーンや、
へんな橋《はし》がないかとさがしました。
でも……。
「クレーンも橋《はし》も、ない。
あとはくらくて、わかんない。」
「やっぱ、ほねほねくんは
出《で》てこないのかな。」

「あっ、今《いま》、星《ほし》が流《なが》れた！」

そのとき、とむくんがさけびました。

「どこ、どこ、どこ？」

あわてて、だっくんが空《そら》を見《み》あげたときは、
もう流《なが》れ星《ぼし》はきえていました。

「だいじょうぶ。きっと、また、見《み》えるさ。」

「よく、見《み》てろよ。」

パパと、とむくんにいわれて、こんどは、
だっくんも、じっと夜空《よぞら》に目《め》をこらしました。

そのとき。

ふいに、耳《みみ》もとで、ささやく声《こえ》がしました。

「だっくん、ぼく、ほねほね。ほねほね。」

おどろいて、声《こえ》のほうをふりむくと、どうでしょう。

そばにはえていた大《おお》きな木《き》が、ぐうんと、みきをおりまげて、だっくんにはなしかけているではありませんか。

「ええーっ？」

びっくりして、よくよくながめると、それは、ほねほねくんでした。

「こんなところにいたの！」
とむくんも、さけびました。
「こんど、流《なが》れ星《ぼし》見《み》たら、ねがいごと
いってちょうだい。」
ほねほねくんは、すばやく
そういって、また、「シーッ！」と、
ゆびのほねをたてました。
ふりかえると、パパは、空《そら》ばかり見《み》ていて、
ほねほねくんには、きがついていません。

「ねがいごとって、なあに？」

「ぼく、帰《かえ》りたい。なかまのところに。みんなのところに。」

これをきいて、だっくんは、ちょっとおどろきました。

「どうして？　ぼくたち、友《とも》だちじゃないの。」

「でも……ぼくが出《で》てくると、いつも大《おお》さわぎになるでしょ。みんな、つかまえたがるよ。」

「そうか。そうだよね。ほねほねくんて、いつもひとりぼっちなんだよな。」

ふたりには、ほねほねくんのきもちがわかるようなきがしました。

「わかった！　ぼくたち、流《なが》れ星《ぼし》におねがいするよ。
ほねほねくんがなかまのところに帰《かえ》れるように。」
「流《なが》れ星《ぼし》を見《み》たときに、ねがいごとを三回《さんかい》いうと、
かなうって、いうよな。」
だっくんとむくんは、
こんどこそ、見《み》のがさないように、
夜空《よぞら》に目《め》をこらしました。
ほねほねくんは、また、大《おお》きな木《き》に
なりすましました。

ふいに、星《ほし》がひとつ、キラーッと光《ひか》りながら、ななめに空《そら》を走《はし》っていきました。つづいて、またひとつ。またひとつ。

たちまち、夜空《よぞら》いっぱい、流《なが》れ星《ぼし》でうめつくされました。

それでも、あとからあとから、流《なが》れ星《ぼし》は、空《そら》を横《よこ》ぎっていきます。

「わあっ！」

「うおーっ！」

あちこちで、かんせいがきこえます。

だっくんが、思《おも》わず流《なが》れ星《ぼし》に見《み》とれていると、

「だっくん！　はやく、ねがいごというんだ！」

とむくんに、ひじをつつかれました。

だっくんは、あわてて、ねがいごとをとなえました。
なんども、なんども、なんども。
いっしゅん、流《なが》れ星《ぼし》が花火《はなび》のようにとびちって、
ひときわ、空《そら》が明《あか》るくなりました。

あまりのまぶしさに、だっくんは思《おも》わず、
目《め》をつぶりました。
そして、目《め》をあけてみると……

あたりのようすは、
すっかりかわって
いました。

「わあっ！　ここ、どこ？」
だっくんは、とむくんの
手《て》をにぎりしめました。
「すげえ！　なんだなんだ。
どうなっちゃったんだ！」
とむくんも、ただ、ぽか
んと口《くち》をあけて、あたりを
見《み》まわすだけでした。

ふたりの目《め》のまえには、ぞうよりもからだが大《おお》きく、
きりんよりも首《くび》が長《なが》い、大《おお》きな生《い》きものがいました。
長《なが》い長《なが》い首《くび》を見《み》あげていくと、てっぺんで、小《ちい》さな
顔《かお》が、だっくんたちを見《み》おろしていました。
「ほんもののきょうりゅうだ！」
とむくんの手《て》がふるえています。
でも、だっくんには、そのきょうりゅうの目《め》を
見《み》たとたん、わかったのです。

「ほねほねくんだよ！」

「ありがと。ぼくのねがいごと、かなった。」

そういうと、ほねほねくんは、川《かわ》のほうにむかって、ひとこえ、ほえました。

ギャオオオーン！

ビリビリと、しだの葉《は》っぱがゆれました。

すると、しだの林《はやし》のむこうで、つぎつぎに、クレーンのような長《なが》い首《くび》がもちあがりました。

川《かわ》の水《みず》をのんでいたきょうりゅうたちが、首《くび》をあげて、ほねほねくんを見《み》つけたのです。

きょうりゅうのむれは、地《じ》ひびきをたてて、
ほねほねくんのほうに、やってきます。

「うわ、こっちへくるぞ！」

「お兄《にい》ちゃん、こわい！」

だっくんは、思《おも》わずとむくんにしがみつきました。

ところが……。

「ぼく、この子《こ》たちのおかげで、みんなのところ、帰《かえ》れた。」

と、ほねほねくんが、はなづらで、とむくんとだっくんをおしだすようにすると、きょうりゅうたちは、いっせいに、首《くび》をさげたりあげたり……。

「みんな、よろこんでる。ありがとって、いってるよ。」

ほねほねくんは、ふいに、だっくんのうわぎをくわえて、ポーンと空《そら》へほうりなげました。

まるで、ボールのように、だっくんは空《そら》をとびました。

「うわあ、いいなあ。ぼくもやってよ。」
とむくんもいいました。
「オッケー！　ふたり、いっしょ。」
だっくんととむくんは、
十頭《じっとう》のきょうりゅうたちの頭《あたま》の上《うえ》を、
いったり、きたり。
空中《くうちゅう》でタッチしたり、ちゅうがえりしたり。

やがて、お日《ひ》さまは、山《やま》のてっぺんに
すいこまれるように、おちていき、
空《そら》は、まっかな夕《ゆう》やけにそまりました。

きょうりゅうたちは、ふたりを
そっと、下《した》へおろしてくれました。
「ぼくたち、そろそろ帰《かえ》る。」
きょうりゅうたちは、ゆっくりと、川《かわ》のほうに歩《ある》きだしました。
「ありがと。たのしかったよ、ほねほねくん！」
「さよなら！　よかったね、みんなのところに帰《かえ》れて。」
ふたりが手《て》をふると、ほねほねくんはふりかえり、
長《なが》い首《くび》を、コクコクとふってくれました。
きょうりゅうのむれは、川《かわ》を
ジャブジャブとわたりはじめました。

だっくんとむくんは、ものもいわずに、
その風景《ふうけい》をながめていました。

やがて、すっかり、お日《ひ》さまが山《やま》のむこうにきえてしまうと、空《そら》はどんどんくらくなっていきました。

きょうりゅうたちも、川《かわ》のむこうにいってしまったのでしょうか。夕《ゆう》やみにまぎれて、すっかり見《み》えなくなりました。

「ぼくたちも、帰《かえ》れるのかな？」

心《こころ》ぼそくなっただっくんが、いったときです。

くらくなった空《そら》に、星《ほし》がひとつ、スーッと流《なが》れました。

「あっ、流《なが》れ星《ぼし》！」

だっくんがさけんだとたん、人々《ひとびと》のざわめきがもどってきました。

あたりは、すっかり、
もとのコマ川《がわ》のかわらに
もどっていました。

「ああ！　ぼくたち、もどってる！」

「見《み》ただろ？　ふたりとも。」

パパが、ふりかえっていいました。

「うん！　見《み》たよ。すごかったね。」

「すごかったね！」

だっくんととむくんは、顔《かお》を見《み》あわせていいました。

「ぼくたち、とおいとおいところへ、
いってきたんだね。」
「もうにどと、ぼくたち、
ほねほねくんには会《あ》えないかもしれないけど……。」
「よかったね！」
ふたりは声《こえ》をあわせていいました。

すえよしあきこ（末吉暁子）

1942年、神奈川県生まれ。児童図書編集者を経て、創作活動に入る。「星に帰った少女」（偕成社）で日本児童文学者協会新人賞、日本児童文芸家協会新人賞受賞。「ママの黄色い子象」（講談社）で野間児童文芸賞受賞。「雨ふり花　さいた」（偕成社）では小学館児童出版文化賞を受賞。ほかに『ざわざわ森のがんこちゃんシリーズ』（講談社）、『ぞくぞく村のおばけシリーズ』『くいしんぼうチップシリーズ』（共に、あかね書房）など、多数の作品がある。

末吉暁子童話マップ・http://www5b.biglobe.ne.jp/~akikosue/

おかもとさつこ（岡本颯子）

1945年、長野県生まれ。武蔵野美術大学芸能デザイン科卒業。挿画を手がけた作品に『ふしぎなかぎばあさんシリーズ』（岩崎書店）、「36人めは誰？」「真夜中のピアノ教室」「先生をとりかえて」（共に、フレーベル館）、『おはなしりょうりきょうしつシリーズ』『くいしんぼうチップシリーズ』（共に、あかね書房）など多数。創作絵本に「るすばん　だいすき」「ふしぎな　けいたいでんわ」（共に、PHP研究所）、「しっぽ５まんえん」（ポプラ社）などがある。

☆タイトルデザイン・鳥井和昌

きょうりゅう ほねほねくんシリーズ⑤　**ほねほねくんとなぞの手紙**

発　行＊2002年12月初版　2014年６月第９刷　　NDC913　79P　22cm
作　者＊**すえよしあきこ**　画　家＊**おかもとさつこ**
発行者＊岡本光晴
発行所＊**株式会社あかね書房**　〒101-0065 東京都千代田区西神田３-２-１／TEL.03-3263-0641（代）
印刷所＊株式会社精興社　製本所＊株式会社難波製本

ISBN978-4-251-03815-9